Vente des 22 et 23 Janvier 1864

COLLECTION DE M. R... *Richtenberger*

OBJETS D'ART

ET DE CURIOSITÉ

EXEMPLAIRE DE H. STETTINER

Mᵉ Ch. PI...

Mᵉ

PARIS. IMPRIMERIE DE PILLET FILS AÎNÉ

5, RUE DES GRANDS-AUGUSTINS.

CATALOGUE

D'OBJETS D'ART

ET DE CURIOSITÉ

Coupes, Vases, Vidrecomes,
Corbeilles et Coffrets en argent repoussé et ciselé ; Tabatières et Bijoux ;
Belle collection de Verres de Venise, dont plusieurs à pieds à ailerons ;
Faïences de Perse, italiennes et françaises ;
Porcelaines anciennes de Chine, du Japon, de Saxe et de Sèvres, montées et non montées ;
Pendules en marqueterie de Boule ;
Chaises et Fauteuils en bois sculpté du temps de Louis XIV ;
Bronzes meublants ; Très-grand Meuble en bois de palissandre et ébène ;
Belle Tapisserie ; Grande et belle Glace à riche bordure Louis XIV ;
et Objets divers

Le tout composant la Collection de feu M. R***

DONT LA VENTE AURA LIEU

HOTEL DROUOT, SALLE N° 5

AU PREMIER

Les Vendredi 22 et Samedi 23 Janvier 1864

À UNE HEURE

Par le ministère de Mᵉ **CHARLES PILLET**, Commissaire-Priseur,
rue de Choiseul, 11,

Assisté de MM. **MANNHEIM**, Experts, rue de la Paix, 10,

Chez lesquels se trouve le présent Catalogue.

EXPOSITION PUBLIQUE

Le Jeudi 21 Janvier 1864, de une heure à cinq heures.

CONDITIONS DE LA VENTE

Elle sera faite au comptant.

Les adjudicataires payeront *cinq pour cent* en sus des enchères, applicables aux frais.

Paris. — Imp. de PILLET fils aîné, rue des Grands-Augustins, 5.

DÉSIGNATION

DES OBJETS

PREMIÈRE VACATION

DU VENDREDI 22 JANVIER 1864

Orfévrerie

1 — Jolie coupe ronde sur piédouche à balustre, en argent repoussé, doré en partie. L'intérieur de la coupe représente, en bas-relief, les arts libéraux, figurés par divers groupes de femmes, au milieu d'un paysage enrichi de monuments. Le piédouche et le reste de la coupe sont enrichis de mufles de lion, de coquilles, et de fleurs. Travail du temps de Louis XIII. Diam. 20 cent.; haut. 14 cent.

2 — Vase en argent repoussé à ornements, et doré, de forme droite, sur piédouche à balustre et à couvercle surmonté d'une petite figurine de guerrier debout tenant un écusson. Travail allemand. Haut. 32 cent.

3 — Vase en argent repoussé et doré en partie; il est orné de médaillons de paysages avec entre-deux de fruits. Il repose sur un piédouche élevé enrichi d'ornements variés. Même travail. Haut. 215 millim.

4 — Vase en argent repoussé à bosselages et doré, reposant sur un piédouche orné de même, et à couvercle surmonté d'un petit vase contenant des fleurs. Travail allemand. Haut. 35 cent.

5 — Autre vase de mêmes matière et travail, mais plus petit. Haut. 31 cent.

6 — Vase en argent repoussé et doré, enrichi de sujets de chasse et de bosselages en haut relief. Travail moderne, imitation de l'orfévrerie allemande du temps de Louis XIII. Haut. 33 cent.

7 — Vase à boire en forme de hibou : le corps est formé d'un coco sculpté ; la tête et les pattes sont en argent ciselé. Travail allemand. Haut. 16. cent.

8 — Petite corbeille ovale en argent repoussé à fleurs et ornements divers, et enrichie de deux anses plates à mascarons et figurines repercés à jour. Travail allemand. Long. 26 cent.; haut. 9 cent.

9 — Vase à boire de forme ronde et à lobes en argent doré
et gravé, reposant sur un piédouche à nœud repoussé
et ciselé. Sous le pied se trouve l'inscription suivante :
Davidt. Scholsz. der jüngere. verschaffet seinen
Haudwerck. dieses Becherlein zu gutten Gedâcht-
niss. 1657. Haut. 175 millim.

10 — Deux petits vases en argent doré repoussé à fleurs et à
deux anses découpées. Travail allemand. Haut 13
cent.

11 — Vase à boire en argent repoussé et doré, reposant sur
un pied très-élevé. Cette pièce a été composée de
morceaux de diverses époques. Haut. 35 cent.

12 — Vidrecome en argent repoussé et doré en partie ; le
pourtour orné de figurines d'enfants jouant. Travail
allemand. Haut. 22 cent.

13 — Autre grand vidrecome en argent repoussé et doré, enrichi d'animaux divers en bas-relief ; le bouton du
couvercle est formé d'un cheval en ronde-bosse, tenu
par un personnage debout. Travail moderne. Haut. 25
cent.

14 — Petit vase à boire en argent gravé et doré à trois petites
anses détachées. Haut. 16 cent.

15 — Autre petit vase à boire en argent gravé et doré, portant
des inscriptions hébraïques. Haut. 12 cent.

16 — Vase à boire en argent repoussé et doré, sur piédouche et à couvercle, entièrement couvert de figures, de fleurs, de fruits et d'ornements divers. Travail moderne. Haut. 21 cent.

17 — Vase en argent ciselé à ornements dans le style Louis XV et repercés à jour, reposant sur un plateau de même style et contenant un double fond en vermeil avec couvercle surmonté d'une colombe. Haut. 25 cent.

18 — Petite tasse à vin en argent repoussé à fleurs et fruits, et à deux petites anses découpées.

19 — Petite coupe ronde et à lobes en argent repoussé et gravé. Haut. 14 cent.

20 — Service à thé en argent, à ornements et feuillages finement niellés sur fond doré. Il est composé de la théière, du sucrier, du pot à crème, de la pince à sucre, de la passoire, de douze petites cuillers et de deux couteaux à lames d'acier. Travail de Toula. Ce lot pourra être divisé.

21 — Cuiller à punch en vermeil.

22 — Six petites cuillers en argent, dont les manches se terminent par des petits bustes de femmes.

23 — Cachet en argent doré en partie, surmonté d'un groupe : Lion terrassant un serpent.

24 — Petite coupe ronde en pierre chatoyante, reposant sur un piédouche en vermeil, enrichi d'un balustre et de cabochons en agate. Le couvercle, de même style, est surmonté d'un petit vase émaillé à fleurs. Haut. 16 cent.

25 — Charmant petit coffret de forme carrée, à couvercle bombé en argent, très-finement ciselé et doré. La face antérieure présente dans deux niches des figurines de génies debout en ronde-bosse; la face postérieure est ornée d'un mascaron de femme et d'enroulements, et les deux extrémités sont enrichies de mufles de lion. Travail allemand du XVIᵉ siècle.

26 — Petit plateau carré en filigrane d'argent très-fin, doré en partie; au centre se trouve une rosace, le reste se compose d'ornements divers.

27 — Groupe en argent finement ciselé, composé d'une écrevisse, d'un ananas et de fruits divers.

28 — Deux crachoirs et leurs plateaux en filigrane d'argent, enrichis d'ornements émaillés. Travail chinois.

29 — Corbeille et son couvercle en forme de fruit entouré de ses branchages, et accompagnée de son plateau, forme feuille; le tout en filigrane d'argent enrichi d'ornements émaillés. Travail chinois.

30 — Petit groupe en argent : Cavalier sonnant de la trompe, monté sur un cheval au galop finement ciselé. Il re-

pose sur un socle en ébène, enrichi de petites colonnes torses en ivoire.

31 — Brûle-parfums, en forme de flacon, en filigrane d'argent. Travail oriental.

32 — Petit coffret carré à couvercle bombé, en argent, à ornements repercés à jour.

33-38 — Trente petites pièces diverses en filigrane d'argent
et autres, telles que plateaux, boîtes à parfums, flacons, petits jouets d'enfants, etc. Ce lot sera divisé.

39 — Tabatière en platine, à sujets et attributs de courses
finement ciselés en relief et dorés en partie.

40 — Boîte en argent repoussé, à sujet de chasse, tête de
Folie et animaux.

41 — Boîte carrée en argent niellé. Travail de Toula.

Verrerie vénitienne

42 — Grand et beau verre dit à ailerons ; le pied est composé
d'enroulements à torsades émaillées de filets blancs,
jaunes et rouges, se terminant par deux têtes travail-
lées à la pince. Le pied et la coupe sont de verre incolore. Haut. 30 cent.

43 — Autre grand et beau verre de même forme; la torsade est émaillée de filets blancs et rouges. Haut. 263 millim.

44 — Autre verre de même style; la torsade est émaillée de filets bleus, blancs, jaunes et rouges. Haut. 30 cent.

45 — Jolie coupe dont le pied à torsade, dans le style des verres qui précèdent, est émaillé de filets blancs, jaunes et rouges. Haut. 22 cent.

46 — Grand verre forme dite à champagne, le pied formé d'enroulements; le tout en verre incolore. Haut. 275 millim.

47 — Autre grand verre de même forme; le pied est formé d'enroulements de verre incolore, se terminant par une partie émaillée de bleu. Le verre et le pied sont enrichis d'ornements et de figures gravés à la pointe. Haut. 255 millim.

48 — Charmant petit verre dont la coupe, très-évasée et à bosselages, repose sur un pied dit à ailerons, dont la torsade est émaillée de filets blancs, bleus et rouges. Haut. 17 cent.

49 — Autre verre analogue à celui qui précède; la torsade est émaillée de filets jaunes. Haut. 17 cent.

50 — Verre à quatre lobes dont les bords sont émaillés de filets bleus; la coupe est reliée à un récipient inférieur de forme sphérique par trois goulots tors. Le tout en verre incolore. Haut. 22 cent.

51 — Joli verre à petites côtes en spirale, reposant sur un pied à nœud, portant en relief des mufles de lion et des rosaces, conservant encore quelques traces de dorure. Haut. 153 millim.

52 — Grand et beau gobelet en verre craquelé portant en relief des mufles de lion, conservant des traces de dorure. Haut. 21 cent.

53 — Vase en forme de baril, en verre craquelé, portant des rosaces en relief. Haut. 15 cent.

54 — Joli vase de forme ovoïde, portant en relief sur la panse l'aigle à deux têtes d'Allemagne, ainsi que des godrons; le vase est de plus entièrement formé de petites côtes en spirale. Haut. 19 cent.

55 — Joli vase de forme sphérique, à goulot droit et à côtes; la panse est ornée de mascarons en relief avec entre-deux émaillés de pois bleus; le nœud du pied porte en relief des mufles de lion conservant, ainsi que les masques de la panse du vase, des traces de dorure. Haut. 18 cent.

56 — Vase de même forme que celui qui précéde; la panse du vase n'est pas ornée de mascarons. Haut. 163 millim.

57 — Vase de forme octogone à bord denté, reposant sur un
pied à petiles côtes et à deux ornements émaillés de
bleu. Haut. 16 cent.

58 — Grand vase, dont la coupe évasée repose sur un pied
tors. Le tout en verre incolore. Haut. 24 cent.

59 — Jolie coupe ronde en verre bleu uni. Diam. 17 cent.

60 — Très-jolie coupe ronde et profonde en verre filigrané
très-fin. Haut. 14 cent.

61 — Deux gobelets à couvercles, accompagnés de deux petits
plateaux ronds; le tout en verre filigrané à deux dessins alternés. Haut. totale, 15 cent.

62 — Verre filigrané dont la partie inférieure est à bosselages.
Haut. 14 cent.

63 — Verre de forme très-allongée, émaillé de filets blancs;
le pied de verre incolore est orné de mascarons en
relief. Haut. 22 cent.

64 — Deux flacons en verre émaillé de filets blancs à trois
dessins; les bouchons manquent. Haut. 12 cent.

65 — Grand gobelet évasé, émaillé de filets blancs avec entre-
deux émaillés de même et filigranés; sur la panse
sont trois rosaces en relief. Haut. 165 millim.

66 — Gobelet de même forme, mais plus petit et sans rosaces. Haut. 127 millim.

67 — Autre gobelet de même forme, émaillé de filets blancs et bleus alternés. Haut. 18 cent.

68 — Vase de forme droite, émaillé de filets opalins. Haut. 20 cent.

69 — Joli verre à boire, à nervures saillantes et à rosaces et bordure émaillées de diverses couleurs et rehaussées d'or.

70 — Verre renversé, émaillé de filets blancs et bleus, servant de pied à un petit moulin en argent. Haut 24 cent.

71 — Verre à boire, à côtes horizontales parallèles, émaillé de filets blancs. Haut. 18 cent.

72 — Verre à boire de forme évasée, émaillé de filets blancs. Haut. 18 cent.

73 — Petit verre à boire, dont la coupe est de verre incolore et le pied émaillé de blanc. Haut. 13 cent.

74 — Deux flacons à goulots et à anses, émaillés de blanc et à boutons bleus. Haut. 19 cent.

75 — Flacon de forme droite à côtes en verre marbré. Haut. 16 cent.

76 — Autre petit flacon de forme sphérique en verre marbré.

77 — Trois plats ronds en verre filigrané à quadrilles. Diam.
29 cent.

Ces plats seront vendus séparément.

78 — Deux autres plats ronds filigranés. Diam. 275 millim.

79 — Petit bassin creux en verre filigrané à trois dessins.
Diam. 275 millim.

80 — Coupe ronde sur piédouche en verre filigrané. Diam. 22
cent.

81 — Deux gobelets en verre filigrané blanc, rouge et jaune.

82 — Lustre en verre de Venise à fleurs en relief.

83 — Petite lampe en verre de Venise à fleurs en relief,
accompagnée de ses trois chaînes de suspension.

Verrerie de Bohême

84 — Petit verre allemand à couvercle portant le blason de
Saxe et divers attributs émaillés.

85 — Deux pièces en verre rubis, dont un verre à boire et un
flacon avec bouchon en vermeil.

86-89 — Neuf verres allemands anciens, gravés et autres.
Seront vendus séparément ou par lots.

90-93 — Dix verres de Bohême de diverses nuances, gravés et enrichis de dorure. Travail moderne.
Seront vendus par lots.

94-95 — Vingt-neuf verres à vin du Rhin, dont dix-huit à coupes jaunes sur pieds en verre incolore et onze en verre vert.

Objets divers

96 — Joli dyptique en ivoire sculpté, représentant huit sujets tirés de la vie du Christ, sous des arceaux de style ogival. Travail du XIVᵉ siècle.

97 — Petit coffret en velours vert, avec écoinçons et garnitures fleurdelisées en cuivre découpé et poli ; il est accompagné de sa petite clef en fer découpé, d'un modèle très-curieux. Epoque Louis XIII.

98 — Cinq figurines en bois et en ivoire sculptés, représentant des acteurs de la Comédie italienne.

99 — Coffret en ivoire sculpté, dans le style du XIVᵉ siècle.

100 — Coffret en vieux chêne sculpté.

101 — Bas-relief en bois sculpté : le Christ debout, entouré
de divers personnages. Bordure en bois noir et ornements dorés.

102 — Tabatière en écaille à médaillons très-fins en bois
sculpté : Nid d'oiseaux.

103 — Brûle-parfums et deux petits plateaux ronds en émail
de Chine, décoré de fleurs sur un fond caillouté
bleu.

104 — Théière en pierre de lard, à médaillons de fleurs finement sculptées.

105 — Personnage accroupi en pierre de lard, très-finement
sculpté.

106. — Deux cadres contenant des reproductions en plâtre
de certaines parties du palais de l'Alhambra.

DEUXIÈME VACATION

DU SAMEDI 23 JANVIER 1864

Porcelaines

107 — Joli vase à couvercle en ancienne porcelaine de Chine, décoré de fleurs sur fond blanc; monté à gorge, à anses, à culots et à trois pieds-droits en bronze, fine ment ciselé et doré du temps de Louis XVI. Pièce rare. Haut. 40 cent.

108 — Garniture de trois jolis vases forme balustre en ancienne porcelaine craquelée de la Chine, avec bordures en relief réservées en or. Ils sont montés à pieds, gorges et anses en bronze doré, dans le style Louis XV. Ces montures ont été exécutées par M. Monvoisin père. Haut. 35 cent.

109 — Belle garniture de cinq pièces, potiches et cornets en ancienne porcelaine du Japon, richement décorée en bleu, rouge et or.

110 — Joli guéridon, composé d'un grand et beau plat, ainsi que d'un cornet première grandeur en ancienne

porcelaine du Japon décorée en bleu, rouge et or, et
richement montée à trépied et anneaux en bronze
doré de style Louis XV. Diam. 55 cent.

111 — Grand plat en ancienne porcelaine du Japon, décorée
en bleu, rouge et or. Diam. 54 cent.

112 — Joli vase de forme ovoïde, à couvercle, en ancienne
porcelaine du Japon, richement décorée en bleu,
rouge et or. Haut. totale, 42 cent.

113 — Deux pots à tabac et leurs couvercles en ancienne porcelaine de Chine, à médaillons de fleurs émaillées
sur fond chocolat.

114 — Charmante petite théière en ancien céladon vert
d'eau, gravé sous émail, montée à gorge, pied et
anse en argent finement gravé, à ornements dans le
style de Boule. Epoque Louis XIV.

115 — Sucrier analogue à la pièce qui précède; la porcelaine
a été refaite.

116 — Très-jolie tasse trembleuse à couvercle, en ancienne
porcelaine de Sèvres, pâte tendre, fond vert pomme
uni, enrichi d'émaux en relief imitant les pierres
précieuses. Pièce rare.

117 — Tasse en ancienne porcelaine de Sèvres, pâte tendre,
décorée de médaillons attributs de la république,

guirlandes de fleurs sur fond jaune et bordures d'or sur fond gros bleu.

118 — Huit assiettes en porcelaine de Sèvres, pâte tendre, à bords gaufrés et décors d'Amours en camaïeu rouge et dentelle d'or.

119 — Deux assiettes en porcelaine de Sèvres, pâte tendre, décor dit feuilles de choux.

120-122 — Six assiettes creuses en ancienne porcelaine mince de la Chine, présentant à leur centre un sujet familier composé de quatre personnages, d'animaux et d'attributs divers, émaillé de belles couleurs ; bordure intérieure fond vert à quadrilles et rosaces réservées en or, et sur le marly, bordure à rosaces sur fond rose alternant avec des médaillons de fleurs. L'une d'elles est fracturée. Elles seront vendues séparément.

123-126 — Cinquante-quatre belles assiettes en anciennes porcelaines de Chine et du Japon, qui seront vendues par lots.

127-129 — Douze petits plats et compotiers en anciennes porcelaines de Chine et du Japon, richement décorés, qui seront vendus par lots.

130 — Deux théières très-curieuses en ancienne porcelaine de Chine, en forme de rochers, enrichis de figures en relief,

131 — Bouteille en ancienne porcelaine de Chine, à médaillons de personnages émaillés et fond rouge rehaussé d'or.

132 — Jolie tasse et sa soucoupe en ancienne porcelainne de Chine craquelée, à bordures, hérons et arbustes finement émaillés.

133 — Deux jolies figurines en ancienne porcelaine de Saxe : Jardinier et Jardinière assis, tenant une corbeille sur leurs genoux.

134 — Deux groupes en ancienne porcelaine de Saxe : Officiers à cheval dans l'attitude du commandement.

135 — Deux jolies salières en porcelaine de Saxe : Jeune Fille et Jeune Garçon assis chacun sur deux corbeilles décorées de médaillons d'oiseaux.

136 — Petit groupe, Nymphe et Satyre, en ancienne porcelaine de Saxe, monté sur socle Louis XV en bronze doré et entouré de branchages garnis de fleurs de porcelaine.

137 — Deux petites figurines en porcelaine de Saxe, montées de même et formant garniture avec la pièce qui précède.

138 — Deux petits candélabres à deux lumières, composés de lapins assis en ancienne porcelaine de Saxe,

montés sur socles rocaille en bronze doré et entourés de branchages garnis de fleurs de porcelaine.

139 — Grand groupe en ancienne porcelaine anglaise : Trois Enfants jouant sur des rochers garnis d'arbres et de fleurs.

140 — Autre groupe de même porcelaine : Trois Enfants jouant avec une chèvre.

141 — Autre groupe de même porcelaine : Deux Enfants garnissant un tronc d'arbre de festons de fleurs.

142-145 — Douze figurines en ancienne porcelaine de Saxe et d'Allemagne, qui seront vendues par lots.

146 — Joli vase en ancienne porcelaine de Saxe, garni de fleurs et de fruits en relief et enrichi, à sa base, de deux figurines d'enfants en ronde-bosse.

147 — Petit vase en ancienne porcelaine de Saxe, reposant sur un rocher garni de fleurs et de feuillages en relief et d'un chien poursuivant des volatiles.

148 — Deux jolis vases, de forme ovoïde allongée, à anses doubles carrées et à couvercles, en ancienne porcelaine de Saxe décorée de fleurs, de guirlandes et à bordure à rosaces dorées.

149 — Deux petits vases de forme ovoïde, en ancienne porcelaine de Saxe décorée de fleurs, à anses formées de

têtes de femmes et à draperies bleues en relief re-
tombant sur la panse.

150 — Deux très-petits vases à couvercles, en ancienne porcelaine de Saxe décorée de fleurs et à anses, têtes de
satyres.

151 — Deux autres très-petits vases en porcelaine de Saxe, de
forme ovoïde, à anses, têtes de béliers dorées.

152 — Deux petits vases contenant une branche de fleurs, le
tout en ancienne porcelaine de Saxe ; les anses des
vases sont formées de petits mascarons.

153 — Grand groupe en porcelaine d'Allemagne : Berger
surprenant une bergère endormie.

154 — Deux tasses en ancienne porcelaine de Saxe : L'une
d'elles décorée de figures dans le style de Watteau,
et bordures jaune ; l'autre, à couvercle, décorée de
fleurs et de bordures bleues briquetées d'or.

155 — Deux sucriers et leurs couvercles en ancienne porcelaine du Japon, décorée en bleu, rouge et or.

156 — Petite théière en ancienne porcelaine de Chine à fleurs
en relief sur fond rose, et médaillons repercés à
jour et dorés.

157 — Autre théière en porcelaine de Chine en forme de

fleurs, dont les branches lui tiennent lieu d'anse et de pieds.

158 — Coupe en ancienne porcelaine de Chine décorée de figures, montée à piédouche, gorge et anses en bronze doré.

159 — Deux salières en ancienne porcelaine de Saxe décorée de fleurs et d'oiseaux, montées en argent.

160 — Tabatière ovale en ancienne porcelaine de St-Cloud, décorée de fleurs sur un fond gaufré; gorge en argent.

161 — Bonbonnière en émail de Saxe décorée de figures en or sur fond blanc et de fleurs et paysages coloriés; gorge à charnière en argent.

Faïences

162-173 — Treize plats en ancienne faïence de Perse, de décors variés et de diverses dimensions, qui seront vendus séparément.

174 — Deux petits flacons en ancienne faïence de Perse, à goulots droits et à dessins gaufrés alternant avec des décors en couleurs.

175 — Petit plat en faïence de Bernard Palissy, formé d'une rosace à triple rang, et émaillé de diverses couleurs. L'extérieur est jaspé.

176 — Plat analogue à celui qui précède, mais plus petit.

177 — Plat en faïence de Bernard Palissy, avec cavité au centre et deux rangs de godrons. L'intérieur et l'extérieur sont jaspés.

178 — Plat rond en faïence italienne, présentant, au centre, un combat de cavaliers, et, au bord, des attributs divers. Bordure en bois noir et or.

179 — Plaque carrée en faïence de Castelli : Toilette de Diane. Bordure en bois noir.

180 — Écritoire de forme carrée en faïence italienne, à figures chimériques aux angles, et à décors d'ornements sur fond bleu. Elle est surmontée d'une figure debout, en faïence, auprès de laquelle se trouve un ours assis.

181 — Vase de forme ovoïde en faïence de Castel-Durante, à trophées et ornements décorés en couleur.

182-183 — Huit petits plats en faïence italienne, qui seront vendus par lots.

184-185 — Cinq coupes de diverses grandeurs, de même faïence, qui seront vendues séparément.

186 — Deux cruches et un pot à tabac en grès de Flandre, qui seront vendus séparément.

Meubles et Bronzes

187 — Grande pendule et son socle de suspension, en ancienne marqueterie de Boule, richement garnie de bronzes.

188 — Jolie table de forme carrée à entre-jambes, en marqueterie de bois et ivoire, à fleurs et rinceaux dans le style de Louis XIII; elle repose sur des pieds en bois noir à colonnes torses.

189 — Pendule Louis XIV, en écaille et bronze doré; les angles sont garnis de jolies chutes, et les pieds se terminent par des enroulements.

190 — Deux grands et beaux fauteuils en bois sculpté, du temps de Louis XIV, à bras, dossiers élevés et entre-jambes. Ils sont garnis de cuir.

191 — Six chaises de travail analogue, de mêmes style et époque.

192 — Pendule et son socle en marqueterie d'écaille et cuivre, garnie de bronzes.

193 — Coffret de forme carrée, à couvercle bombé, en marqueterie de bois, d'étain et d'ivoire. Travail vénitien.

194 — Petit cabinet en bois d'ébène incrusté d'ivoire, à porte à abattant et tiroirs à l'intérieur.

195 — Très-grande et belle armoire à deux portes et à colonnes, en bois d'ébène et palissandre, à moulures guillochées et panneaux et chapiteaux sculptés, à figures et ornements.

196 — Grande et belle tapisserie des Gobelins, Départ de saint Louis pour les croisades ; riche bordure, composée de figurines d'Amours, de guirlandes de fleurs, et portant le blason fleurdelisé des princes du sang.

197 — Grande glace à riche bordure à fronton, en bois sculpté et doré, composée de figurines d'Amours, de groupes de fruits et de fleurs. et d'ornements divers. Epoque Louis XIV.

198 — Deux figures en bronze : Vénus accroupie et le Rémouleur, sur socles carrés de même métal.

199 — Petit cartel Louis XV, en bronze doré, orné de trois figurines.

200 — Deux flambeaux en bronze argenté. Epoque Louis XIV.

201 — Deux autres flambeaux en bronze. Style Louis XV.

202 — Glace à bordure en écaille et moulures guillochées en ébène.

203 — Autre glace à bordure d'écaille, mais plus petite.

204 — Petit lustre flamand en cuivre, à six lumières.

205 — Deux bras en bronze et cristaux, à dix lumières.

206 — Vase en marbre de forme ovoïde, à piédouche et couvercle.

207 — On vendra sous ce numéro les objets omis au présent catalogue.

payé à Mlle [illegible] les 2 [illegible]   62 —

à [illegible] en [illegible]

[illegible]

[illegible] gant / 225. 50 —

1 — 234
1 — 265 —
1 — 265
1 — 201
1 — 200
1 — 240
1 — 201
1 — 270
1 — 250
1 — [illegible]
1 — 180
1 — 162
1 — 60
2698

2698 —

2 bouteilles pour
une coupe de [illegible] 200 —
apr [illegible]   486

[illegible]
[illegible]
348

10 26
51.30
62 —
1129 30

www.ingramcontent.com/pod-product-compliance
Lightning Source LLC
LaVergne TN
LVHW021646170726
843501LV00007B/2438